LES HABITANS

DE

FONTENOY,

AU ROY.

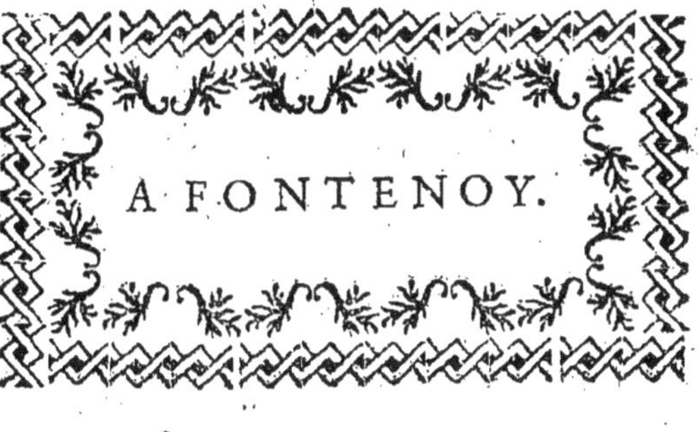

M. DCC. XLV.

LES HABITANS

DE FONTENOY,

AU ROY.

E bian morgué notre bon Roy
Vla ben les Bourgeois de Fontenoy
Qui s'en vnont à leux écheance
Pour vous tirer la révérence ;
Il ne faut pas vous étonner
Si j'ont tant restés à tarder ,
Les Bourgeois de notre village
Ont assez cheux nous cet usage ,
Qu'est casiment comme une loy ,
De ne pas voir plus gros que soy ;
J'amons mieux vouar notre voisaine ,
Surtout quand al fait bonne maine ,
Que d'aller cheux ces grands Signeurs
Dont je n'umons pas les hauteurs ;
Cheux eux c'est des carimonies ,
Qui ne font à jamais finies ;
Quoyque vous soyez plus grand qu'eux

A ij

Vous n'étes pas fi férieux ;
Car fi vous étiais comme eux autres
Vous n'en auriais pas eu des nôtres ;
Mais not Roy j'ont ils dit eft bon
Etant né du fang de Bourbon,
Ce qu'eft parguene inféparable
Tout comme un pied l'eft d'une table,
J'ont bu deux ou tras vars de vin
Avant de partir ce matin,
Ça nous a mins le cœur au ventre
J'ont envoyé la peur au guantre.
Notre *Magefter* Jean Rabot
Que vous fçavez qui n'eft pas fot
Vous a donné fte balle Epitre,
Je croyons que c'eft la le titre,
(Gnant a pourtant un parmi nous
Qui s'eft prins à charcher par tout
Dans chaque Epitre & Evangile,
C'eft pas manque qu'il eft habile,
Sans qu'il ait pu trouver ftella ;
A la fin il l'a laiffé la)
Mais fuivant notre connoiffure
Ça ne manquoit pas d'efpriture.
Après ça Monfieur not Curé ,
Qu'eft un vivant affez futé
A fcu vous fignifier Requête
Vous demandant com à la quête
De très groffes fommes d'argent.
Pour pouvoir vivre ben content ;
Il lauroit ben mis dans fon cofre
Sans jamais nous en faire d'ofre ;
Ho ftila fcait ben fon mequé
Car il eft ben intéreffé.
   Vous le favez mieux que nous, Sire

Sans qu'il foit befoin de le dire
Que ceux qui vous louangeont tant
Ne travaillont le plus fouvent
Que pour avoir de la futaine,
Car avec leux bonne maine
Si vous ne leux y donniez rien
Y ferront d'un himeur de chien ;
Que s'ils vantont votre mérite
Ils ne vous en tenont pas quitte
Pour des preunes ou pour des nouas
Ni pour des feves ou des pouas,
Il leux faut de ce qui fe couche,
C'eft ce qui leux fait bonne bouche :
Pour quand à nous ce n'eft pas ça
Qui nous frait aller d'icy la,
C'eft pas l'intérêt qui nous guide
Gna pas un de nous fi parfide,
Car pour revenir à nos choux,
Si je paroiffons devant vous
C'eft pour vous dire avec fimpleffe;
Je n'y connoiffons pas faineffe,
Com j'ont vu ce qui s'eft paffé,
Dans ce jour qu'eft fi renommé
Et qui fera pour votre gloire.
A jamais digne de memoire.
    Pour entamer notre récit
S'envint un vivant qui nous dit
Qu'il falloit faire place nette
Pour pratiquer une retraite,
Que je n'avions qu'à décamper
Que l'an alloit out ranvarfer,
Si biau fi biau que nos fumelles
Pleuriont comme des Tourterelles;
Pour nous je l'avouons d'honneur,

Ça noûs a tint un brin au cœur,
C'eſt'i gracieux palſanguenne
Qu'an ait queuc choſe & qu'an voul prenne
Qu'an laiſſe la tout ce qu'an a
A des gens qu'an ne connoit pas :
Gnous ſont pas fait tirer l'oreille
J'ont tout laiſſé juſqu'à l'oſeille,
Mais pour parler ſancerrement
Gn'avoit pas à être content :
Auſſi-tôt je nous en fuyimes
Et par dans les chams je courimes
Pour charcher gîte au voiſinage
L'un au hameau, l'autre au village.

    Le lendemain faut pas mentir
J'avions tretous un grand deſir
De connoître par queuc engeance
Le fin de cette manigance.
J'avions preſqu'envie de charcher
A nous placer dans un clocher,
Mais j'ont-il dit vaille que vaille,
Pour affin d'empêcher la gouaille
Et nous metre tous à l'abri
De queuque fichu pot pouri
J'ont mieux aimés une douzaine
Monter deſſus le haut d'un chêne.
Y avoit avec nous un Moſſieu
Qu'eſt un des gros bonets du lieu
Qui s'eſt trouvé dedans ſa poche
Une lunette qui raproche ;
Ça fait ma fic vouar ben plus mieux
Que l'an ne voit avec les yeux ;
Ho dam avec ça j'aparcumes
Ce qu'an braquoit ſur les enclumes
An commençoit à s'arranger

De façon à fe ben torcher.
  Je brulions tous d'impatience
D'être foumis au Roy de France.
Je conoiffions ben le plaifir
Qu'an a de vous apartenir
Tout ainfi qu'à votre famille
Qu'an peut dire qu'eft ben gentille;
Car vous avez le plus biau fieux
Qu'an puiffe voar de fes deux yeux.
Queu biau mary pour la Dauphaine!
Jarnigué qu'il a bonne maine!
  Quand donc que le canon ronflit,
Ho palfangué ça fit du brit,
Epi toute fte moufqueterie
Qu'eft une fichu ramagerie:
C'eft pas tant le brit que ça fait
Que ça tue pargué tout-à-fait;
Si ça vous attrape à l'oreille,
Ça vous ranvarfe la carvelle.
Stepandant je nous raffurions,
Deffus ce que ben je voyons,
Qu'à côté de votre préfence
Y avoit queuqu'un de conféquence
Qui vous éloignoit du danger
Où vous vouliez vous expofer:
Mais morgué par la jarnombille
J'aurions voulus être à cent mille
Quand je vous avons aparçu.
Qu'an ne vous reconnoiffoit pu,
Que vous étiais dans la mêlée
Et que vous commandiez l'armée.
Et not vaillant Dauphin ytou
Qui vouloit faire comme vous:

A iiij

C'étoit vrament pas pour la fraime,
J'en jurerions ben jarniguene;
Ho morgué ne nous metez pas
Dans de semblables embaras,
J'y pardrions surment la tête
Plus vîte qu'un trait d'arbalête;
Vrament je scavons ce que je scavons
Gna assez long-tems que je voyons
Que ventregué ce qu'encourage,
C'est quand le maître est à l'ouvrage.
Mais d'un autre côté ma foy
J'allons vous aprendre la loy,
Qu'est quand an a pardu la vie
C'est plus de piqué que d'envie;
Si-tôt que l'an n'est plus ici
An est desja *per mortui*.
Falloit donner vot ordonance
A queuques gens de confiance;
Y avoit un si bon Général
Vous scavez ce grand Maréchal
Qu'est tant aimé de vot parsonne,
Quel est donc le nom qu'an ly donne?
Y s'appel, *** je scavons son nom
Tant il y a que c'est un Saxon:
Je n'avons pas ben vu sa maine,
Mais j'avons ben vu sa deguaine,
Saquerlotte c'est un vivant
Qu'entend pargué ben le trantrant,
Il entend le mequé de guare
Com' ignan a pas un sus tarre,
Gna pas cheux nous de mitrier
Qu'aprenne si bien à danser;
D'une seule de ses paroles

Il faisoit faire des cazacoles
A tous ces geans d'estafiers
Qu'an dit que c'est des Grenadiers,
Y faisions des mitours à draitte,
De magniere la plus parfaite :
J'ont vû aussi tous ces Signeurs
Qu'en faisiont là chacun des leurs;
Ces Lieutenans, ces Capitaines,
Qui tous se donnions ben des peines,
Ces Colonels, ces Brigadiers;
En un mot, tous ces Officiers,
Dont les noms & la vaillantise
Sont dénoncés avec franchise
Dans ces vars qu'ont été moulu,
Qu'an a tant de fois refondu,
Faits par cartain mossieux en l'aire,
Qu'an dit qu'est vol pensionaire.
  Après donc ben du tintantart
Qui se faisoit de toute part,
Morbleu je les voyons se battre;
Et faire tous les diables à quatre.
Ça comançoit pourtant un brin
A prendre un assez drol de train,
Vos Ennemis tomboient par file,
Com un chaplet qui se defile,
Les Hanauvaurians & Anglois,
Ces autres Chians & Hollandois
Faisiont tous des meines de guables,
Ils étiont com des effroyables;
Ce qui les rendoit si feurieux,
C'est qu'ils ne travaillont pas mieux
Et pour sortir du précipice,
Ils alliont com une équerville :

Quand à la parfin Cubranlam
Fit faigne qu'an fichit le camp :
C'étoit là le beau de l'hiftoire,
De les vouar dans le territoire,
Com par tout an vous les fangloit,
Que palfangué rien n'y manquoit ;
Et quand ils ont eu prins la fuite,
An a été à leux pourfuite,
Et pis l'an vous les battoit là,
Sangué com en veux-tu en velà.
Je difions not affaire eft bonne,
Vlà que L O U I S quinze fra not homme,
Depis long-tems j'apercevions
Que ben-tôt à vous je ferions,
Je nous font donc tous prins à rire,
Mais com an ne fcauroit le dire,
En voyant que vous triomphiez
De tous ces fichus mal peignez.
Parguene ils aviont ben affaire
De vouar ce que vous fçaviais faire ;
Les vela-t'il pas ben lotis,
De s'être adreffés à Mait L O U I S :
Si vot armée eut été feule,
Ils n'auriont point eu fus la gueule,
Il falloit qu'il fuffiont ben fots
De venir apporter leux dots,
Pour être batus com des drilles,
Epi s'enfuir com tous les milles.
Mais parbleu, vous avez ben fait
De les fabouler planc & nait
Pour apprendre à Marie-Therefe
A vouloir faire la mauvaife ;
Ça doit pas l'y faire du plaifir,

De vous avouar vû réuſſir ;
Al vous vandra ſon iau plus chere ;
Mais vous ne vous en ſouciez guere ;
Vous la payerez de ſon argent ,
Ça ne vous coutera pas tant.
Epi l'an ſçait votre penſée ,
J'en diriont ben une gaulée ,
Si j'aviont plus de tems à nous ,
Mais j'y reviandrons ben toujou.
J'ont apris queuque choſe encore
Qui viant tout à l'heure d'éclore ,
Ça ſra pour un autre entrequient ,
Y faut finir celui-ci ben.
Vous méritez bian des louanges ,
Si je pouvions parler en anges ,
Faire des diſcours relevés ,
Qui ſoyons ben aſſaiſonnés
De fins vars avec des bal raimes ;
Ça ne ſrait pas pour nos voiſaines :
J'aurions ſur vous de quoi parler ,
Si je nous mettions à chanter
Votre vartu , votre mérite ,
Vos talens & toute leux ſuite :
Ça ſroit long com de Rome ici ;
Avant que l'an ait tout fini ,
Je voulons pas donner d'envie
Aux Meſſieux de l'Académie ,
Sans ça je vouarions à tourner
Une matiere à complimenter.
Epi je laiſſons à l'hiſtoire
D'étarniſer cette victoire
Qui ſera bal & bian moulé
Dans la vie du Roi bian aimé.

Mais pour un petit moment, SIRE,
J'ont cor queuque chofe à vous dire ;
Vous êtes glorieux & contant,
Mais laiſſons là pour un moment
Ce qui regarde la Bataille ,
Pour un peu parler de ripaille.
Vous ſçavez fort ben que cheux nous
Nous n'avons plus ni bœur ni choux,
Ni pain ni chair, ni vin ni biare ,
An ne vit pas avec une piare ;
An a morgué tout ramaſſé ,
Sitant bian qu'il n'a rian reſté.
Ça ne fait pas nos affaires bonnes,
Etants pauvres com je le ſommes ;
Crayez-vous qu'un homme ſait ben
Quand il n'a pas le ventre plein ;
Tout ça ſe dit ſans conſéquence
Pour vous faire penſer à la pance ,
Je ſerions faché qu'il fut dit ,
Qu'aucun de nous vous demandit ,
Sçachant que vous ête honête homme ,
Et que ce n'eſt pas une ſomme ,
Qui vous quient beaucoup au goucet ;
Suffit que j'avons le cœur net :
Je vous laiſſons ſur la bonne bouche ,
Avant que le ſoleil ſe couche ,
Je voulons nous égoſiller
A la fin , force de chanter
En l'honneur de cette Victoire ,
Dont je confarvront la mémoire ,
Domine ſalvum fac regem ,
Sans oublier le *Da pacem.*

F I N.

AVIS AUX LUISEUX.

Pargué, amis Luiseux, vous allez dire que je font des gens ben pareſſeux ; mais dame cment faire. Sçavez-vous qu'en vla une grande ribandelle & qu'il a falu ajancer ça pour que ça ſait digne d'être préſenté à un Roi & à un Roi com le nôtre. Je voulons pas dire que c'eſt du ben parfait pour ça , ſuffit que des gens du méquier qui l'avons vû, ont dit que les matériaux & le morquier en étiont bon , c'eſt le principal , igna que la ſculpture qui y manque. Mais faut que ça paſſe. Pargué ſi j'ont peché confre la raime , guan a ben d'autres qu'ont peché contre le bon ſens. A gueu.

9 782329 098548